12 Monate mit Trulli

Susanne Hartmann

12 Monate mit Trulli

Geschichte einer großen Liebe

Bibliografische Information der Deutschen Nationalbibliothek:
Die Deutsche Nationalbibliothek verzeichnet diese Publikation in der
Deutschen Nationalbibliografie; Detaillierte bibliografische Daten sind im
Internet über http://dnb.d-nb.de abrufbar.

ISBN 978-3-8334-7631-0

Inhalt

Einführung

Man muss vermutlich schon ein ausgesprochener Katzenliebhaber sein, um zu verstehen, was einen Menschen umtreibt ein Buch über eine Katze zu schreiben. Kurzum, Katzen sind es einfach wert und diese Katze, um die es hier geht, war in jeder Beziehung ganz besonders außergewöhnlich und hat uns vom ersten Moment an mit ihrem unglaublichen Charme verzaubert. Na ja, Michi benötigte zugegebenermaßen ein bis zwei Tage länger. Letztendlich half jedoch alles Wehren seinerseits nichts, und auch er hat sein Herz ganz schnell und umso heftiger verloren.

Ich möchte mit diesem Buch aber auch unseren anderen Katzen gerecht werden, die uns über Jahre, Monate, oder auch nur einen Tag begleitet haben. Auch sie haben auf ihre Art unser Leben bereichert und auf wundersame Weise beeinflusst:

Herr Schnepf (aus dem Tierheim Sondelfingen)
Mitch (aus dem Tierheim Sondelfingen)
Susi (aus dem Tierheim Sondelfingen)
Willy (zugelaufen)
Otto (von einem Bauernhof auf der Schwäbischen Alb)
Purzel (aus dem Tierheim Sondelfingen)
Paulchen (zugezogen und umgezogen…)
Mieze (aus dem Tierheim Tübingen)
Schlomo (aus dem Tierheim Tübingen)
Wurstel – ja auch du – (aus dem Tierheim Sondelfingen)
Namenloser Kater (zugelaufen für nur einen Tag und gestorben)

Mieze, Schlomo und Wurstel leben noch heute bei uns, Paulchen teilweise (unsere Nachbarn mögen die Anmerkung mit Wohlwollen aufnehmen…).

Reise nach Alberobello

Es sollte ein ganz normaler und entspannender Kurzurlaub werden, aber er hat vollkommen unverhofft unser Leben komplett auf den Kopf gestellt.

Michael (Michi) ist Kunsthistoriker und Archäologe, »dennoch« bodenständig und der beste Reiseführer oder Reisebegleiter, den man sich nur wünschen kann. Das hat den Vorteil, dass man sehr viel über die Geschichte und Sehenswürdigkeiten eines Landes erfährt und außerdem das pulsierende Leben mit all seinen aufregenden und schönen Seiten erfahren darf. Und eigentlich war er schuld an allem, schließlich hatte er ja unser Urlaubsziel ausgesucht – auch wenn die Schuldfrage bis heute nicht endgültig geklärt ist.

Es war Mai und wir flogen nach Bari, der Hauptstadt Apuliens. Dort nahmen wir uns einen Mietwagen mit dem Ziel Alberobello. Wir hatten für eine Woche ein hübsches Hotel gebucht und wollten in der Gegend einige reizvolle Orte und Plätze erkunden und es uns auch sonst gut gehen lassen.

Das kleine Städtchen mit ca. 10.000 Einwohnern gehört wegen seiner kuriosen, einzigartigen Architektur seit 1996 zum Unesco Weltkulturerbe, denn Alberobello ist die Hauptstadt der 1.000 Trulli. Dies sind reizende »Hüttchenkaten«, die die gewundenen und auf die Hügel empor kletternden Gässchen säumen. Der Blick auf die Häuschen mit ihren Dächern, die wie Pudelmützen aussehen, ist faszinierend und zauberhaft. Ich kann jedem Italien-Liebhaber nur empfehlen, nach Alberobello zu reisen – zumal auch die Umgebung einiges an Sehens- und Erlebniswertem zu bieten hat.

9

Neben Kultur hat natürlich das leibliche Wohl gerade in Italien einen hohen Stellenwert. Nun ja, in den wenigen Tagen haben wir nette und auch weniger nette Lokale besucht. Eines der weniger netten befand sich – wen wundert es – an einer Hauptdurchgangsstraße mit entsprechend touristischer Frequenz – zu der auch wir gehörten – mit mittelmäßigem Essen, überhöhten Preisen und angestrengt höflichen Kellnern. An einem warmen und schönen Abend saßen wir dort und bestellten uns nach ausgiebiger Lektüre der Speisekarte etwas zu Essen und natürlich Wein. Dann kam »Trulli«, die bis dahin – wie auch wir – noch nichts von ihrem Namen wusste.

Trulli

Wer schon in südliche europäische Länder gereist ist, kennt das Bild natürlich: Überall trifft man auf streunende, ausgehungerte Hunde und Katzen. Die Bewohner vor Ort kümmern sich in der Regel nicht um die Tiere und mögen es vor allem nicht, wenn man die Streuner füttert. Insbesondere die Betreiber der Lokale, für die die Tiere und deren Fütterer zur Plage werden können, haben etwas gegen diese vorübergehenden Urlaubsbeziehungen. Trulli – und auch ich als unvernünftiger Tourist – gehörten ganz sicher auch zur Kategorie »persona non grata«.

Da wanderte also eine kleine halbwüchsige und abgemagerte schwarze Katze neben diversen anderen Tischen auch zu unserem und bettelte um Futter. Ich wäre nicht ich gewesen, wenn ich ihr nicht ganz verstohlen ein paar Brocken unseres Essens zugeworfen hätte. Dies blieb natürlich weder meinem Mann noch den Kellnern verborgen – beide waren nicht besonders davon angetan. Mein Mann war besorgt, ob wir nicht unangenehm auffallen würden, jedoch beim Service-Personal waren wir bzw. ich bereits unangenehm aufgefallen.

Die Folge war, dass einer der Kellner nach der kleinen Katze trat, um sie zu verscheuchen. Mein Herz revoltierte und ich hätte gerne im Namen der Katze zurückgetreten. Aber was tat ich mit meiner guten Erziehung bzw. meiner von der Natur gegebenen Aggressionsgrenze? Nichts! Aber die kleine Italienerin hatte ihre eigenen Möglichkeiten. Sie warf sich einfach auf die Seite und stellte sich ganz harmlos dumm. Der Kellner kickte noch mehrmals mehr oder weniger verhalten nach ihr und murmelte grummelnd vor sich hin – wohl wissend, dass er von uns und von anderen Gästen beobachtet wurde: »Was solle isch nur mit diese Katz mache?«. Dabei schob er sie vor sich her wie jemand, der ein Bündel Müll nach etwas Brauchbarem durchsucht. Dann trat er nochmals nachdrücklicher nach ihr und die Kleine flüchtete um die uneinsehbare Ecke der Trattoria.

Allerdings dauerte es keine fünf Minuten und Trulli stand wieder da. Heimlich, still und leise hatte sie sich angeschlichen und versteckte sich nun unter meinem Stuhl. Michi, das ist übrigens mein Mann, hatte mir mittlerweile ein mehr oder weniger striktes Katzen-Fütterungsverbot erteilt, an das ich mich zunächst auch schweren Herzens hielt. Jedoch, wir konnten zu meiner insgeheimen Freude nicht mit dem Eigensinn und der ausgeprägten Entschlusskraft der kleinen schwarzen Katze rechnen. Ich hatte mir einen Teller mit Garnelen bestellt. Dieser wurde kurz darauf serviert und stand einladend mitten auf dem Tisch. Ungefähr eine Minute später stand auch Trulli – allerdings uneingeladen – mitten auf dem Tisch. Nein, ich muss mich korrigieren. Sie stand auf dem Teller, breitbeinig über den verführerisch duftenden Garnelen, mit einem Ausdruck des Erstaunens und anscheinend großer Ratlosigkeit. Sie thronte in der Mitte des leckeren Tellers mit weit aufgerissenen Augen und ruckte mit ihrem Kopf von links nach rechts, von rechts nach links und von oben nach unten – ungläubig ob des lukullischen Paradieses, das hier augenscheinlich nur für sie aufgetischt zu sein schien. Wir alle drei waren kurzfristig geschockt: Trulli wegen des unglaublichen Angebotes, mein Mann und ich wegen der strengen Blicke des Personals. Ich schnappte also die kleine Italienerin schnell am Kragen und setzte sie kalorien- und garnelenlos wieder auf den Boden der Tatsachen zurück. Es dauerte wiederum nur kurze Zeit und Trulli zeigte die ersten Anzeichen beeindruckender Intelligenz

12

und Menschenkenntnis. Denn, sie sprang auf meinen Schoß und rollte sich unterhalb der Tischplatte katzenmäßig unsichtbar zusammen. Ich rollte mich auch – mit Sicherheit weit weniger ästhetisch – zusammen und verbarg sie so mit einem ähnlich harmlos naiven Gesichtsausdruck, den sie hatte, als der Kellner nach ihr trat, unter der Tischdecke und unter meinen Armen. Mein Beschützer- und Mutterinstinkt war geweckt.

Diese kleine Katze ging mir nicht mehr aus dem Kopf. An den nächsten beiden Abenden waren wir in weiteren – wesentlich gemütlicheren – Lokalen zum Essen. Ich bestand jeweils darauf, die von mir mit Liebe produzierten Reste bei Trulli in ihrem »Stammlokal« abzuliefern. Auf jeden Fall, bereits nach dem zweiten Resteverwerten gab es keine Hoffnung mehr für meinen Mann und kein Zurück mehr für mich, denn ich war hoffnungslos verliebt. In einem Lokal, in dem ich an diesem Abend extra ein Steak bestellte, packte ich dieses nahezu unangetastet in eine Serviette und konnte es kaum erwarten, meinem Liebling diesen Leckerbissen zu servieren. Wir fuhren wieder zu Trulli, die bereits wieder auf uns zu warten zu schien. Ich versteckte mich um die Ecke des Restaurants während mein Mann ungeduldig auf dem Parkplatz im Auto sitzen blieb. Ich gab nur ein paar kleine Lockrufe von mir und Trulli kam sofort mit Heißhunger angelaufen. Ich hatte das mitgebrachte Steak, wegen der Bedenken im Lokal auffällig zu werden, noch nicht zerteilt, sondern mehr oder weniger am Stück eingepackt. Dies war, wie sich herausstellte, ein verhängnisvoller Fehler meinerseits. Die kleine ausgehungerte Italienerin ließ mir nicht die Zeit, das Fleisch zu zerkleinern und versuchte, gierig – wie es eigentlich nur Hunde können – den großen Brocken möglichst komplett herunter zu schlingen. Dabei biss sie mir ungewollt, dafür ersatzweise aber ausgesprochen herzhaft und blutig, in den Daumen.

13

Nachdem das Fleisch vertilgt und sie satt war, wurde sie wieder lammfromm. Sie rülpste zweimal aus ihren tiefsten Katakomben, ein Phänomen, das ich trotz meiner langjährigen Katzenerfahrung noch nie erlebt habe. Anschließend kletterte sie an mir hoch. Sie leckte an meinen Händen und meinem Gesicht, sie knabberte voll Zärtlichkeit an meinen Wangen und meinem Hals. Nichts war mehr übrig von der blutrünstigen Bestie. Zurück blieb ein kleines schwarzes Fellknäuel, das sich glücklich und zufrieden auf meinem Schoß zusammen rollte. Dabei schnurrte sie so laut, dass ich dachte, jeder müsse es hören und ließ nicht ab, bevor ich mich schweren Herzens von ihr verabschiedete. Auch wenn ich es bis dahin mehr oder weniger – eher weniger – erfolgreich verdrängt hatte: Ich war rettungslos verloren. Am selben Abend bat ich meinen Mann darum, die Katze mit nach Hause – sprich nach Deutschland – mitnehmen zu dürfen. Damit nahm das Drama seinen Lauf...

Mein Mann hatte – und das ist gelinde gesagt untertrieben – Probleme mit meinem Anliegen. Er war sauer, und zwar stinksauer. Schließlich gab es auch einige triftige Gründe:

1. Wir hatten schon drei Katzen, weitere waren verboten!!!
2. Wie organisieren wir das mit dem Hotel?
3. Was machen wir hier mit der Katze? Wir wollten doch eigentlich nur Urlaub machen!
4. Wie finden wir hier auf die Schnelle einen Tierarzt bzw. muss die Katze womöglich in Quarantäne?
5. Wie bekommen wir die Katze so kurzfristig mit dem Flugzeug nach Hause?
6. Wie würden wohl unsere anderen Katzen reagieren?
7. Siehe Punkt 1

14

Es folgten die heftigsten Debatten bei denen ich schließlich klein bei gab. Natürlich wollte ich mich an die vor langer Zeit gemeinsam getroffene Vereinbarung halten: drei Katzen und Schluss! Schweren Herzens lenkte ich ein, denn ich hatte natürlich ein schlechtes Gewissen meinem Mann gegenüber. Abgemacht ist schließlich abgemacht! Allerdings, was stört mich mein dummes Geschwätz von gestern! Abmachungen sind in ihrer Natur doch dazu da nochmals überdacht zu werden, schließlich bin ich ja flexibel. Das kann ich ja dann wohl auch von meinem Mann erwarten! Nein, so einfach war es nicht.

Mein bisschen Restverstand war nicht in der Lage, meine Gefühle auszublenden. Mir ging es saumäßig. Ich fühlte mich wie eine Verräterin, wie eine Rabenmutter, die ihr Kind im Stich lässt und konnte mich keine Minute mehr entspannen. Irgendwann hatte ich mich kaum mehr unter Kontrolle und musste immer wieder gegen aufsteigende Tränen ankämpfen. Die Situation schien ausweglos. Ich schwöre dem Leser als auch nachträglich meinem Mann gegenüber: Diese emotionalen Ausrutscher kamen von Herzen und waren entgegen jeglicher evtl. Vorurteile nicht in einer weiblichen Taktik begründet. Bevor ich jedoch komplett in tiefste Depression versank, sprach ich meinen Michi nochmals auf das äußerst schwierige und Scheidungsraten steigernde Thema an. Weitere langwierige und unerfreuliche Debatten folgten. Letztendlich fanden wir einen für meinen Mann – für mich im Herzen natürlich ebenfalls – faulen Kompromiss. Da ich Trulli einerseits nicht in Italien lassen konnte, und mein Mann sie andererseits in der aufgeheizten Stimmung und wegen der bekannten Vorbehalte nicht mit zu uns nach Hause nehmen wollte, machte ich folgenden letzten Vorschlag: »Wenn du damit einverstanden bist, dass wir Trulli mit nach Deutschland nehmen, werde ich alles in meiner Macht liegende versuchen, dass sie umgehend bei

15

anderen Menschen unterkommt. Ich ertrage es nur nicht, sie hier zurück zu lassen«.

Vermutlich um des kurzen Resturlaubs und des lieben Friedens willen, stimmte Michi schließlich murrend zu. Die eheliche Harmonie war allerdings weiterhin mehr als getrübt.

Trulli reist

Nun wurde es ernst. Mein Mann zog sich zurück und überließ die weitere Organisation mir. Das war nun meine Aufgabe, denn schließlich hatte ich uns ja den ganzen Schlamassel eingebrockt (hiermit verweise ich jedoch auf den Anfang des Buches, wo die Schuldfrage noch einem ganz anderen Aspekt unterliegt). Das war mir aber ziemlich egal. Ich war so unendlich glücklich, dass ich dieses kleine Wesen retten durfte – aber wie?

In zwei Tagen war Abflugtermin – und das ausgerechnet noch an einem Sonntag. Zumindest in Deutschland kann man Freitag nachmittags kaum noch etwas erreichen. Wie sollte ich das also schaffen? Ich erklärte der Dame an der Rezeption mein Vorhaben und bat sie um Unterstützung. Ich benötigte zunächst dringend Informationen zum Thema Katzenausfuhrbestimmungen, Gepäck-Tierbeförderungsgesetze, oder was es sonst noch an bürokratischen Widrigkeiten geben könnte. Und natürlich brauchte ich äußerst dringend einen flexiblen Tierarzt. Die Dame an der Rezeption fragte mich: »Ja, wo ist denn die Katze, die sie mitnehmen möchten?« Ich sagte: »In Alberobello«. »Ja, wo denn in Alberobello?« fragte sie mich erneut. Ich sagte: »Irgendwo in Alberobello und ich treffe sie jeden Abend bei einer Trattoria.« Die Hotelangestellte schaute mich mitleidig und etwas befremdet an. Vermutlich ging sie im Geiste eilig bereits diverse Notrufnummern durch.

Am nächsten Tag wartete ich wieder an der Rezeption auf sie, um zu erfahren, ob sie mittlerweile etwas in Erfahrung gebracht hatte. Ein anderer Hotelangestellter sprach mich in englischer Sprache an. Ich hatte ihn vorher nie bewusst wahrgenommen. Es könnte der Gärtner gewesen sein… »Are you these woman with the cat?« Als ich mich kleinlaut dazu bekannte, sagte er: »You must be crazy«. Ich antwortete – erneut noch etwas kleinlauter: »Yes, you're right.« Die Geschichte der verrückten Touristin aus Deutschland hatte sich also bereits auf allen Ebenen des Hotelpersonals herumgesprochen. Na Bravo! Nichtsdestotrotz hatte seine Kollegin folgende Informationen für mich: Pro Flug waren zwei Katzen zugelassen – fein, ich hatte ja nur eine… Diese müssten nicht in den Gepäckraum, sondern dürften mit Hilfe einer Transporttasche im Passagierraum befördert werden – vorausgesetzt ein positives tierärztliches Attest läge vor. Die Katzen-Beförderungsgebühr sei 25,00 Euro. Was für ein Schnäppchen! Nun galt es nur noch, Trulli fristgerecht zu entführen, dem Tierarzt vorzuführen und wohlbehalten zum Flugplatz hinzuführen.

Ich weiß, Kidnapping wird berechtigterweise mit aller Härte des Gesetzes nicht unter einer mehrjährigen Gefängnisstrafe geahndet. Aber wie steht es mit Catnapping? Ich ging zwar davon aus, dass das kleine Katzenmädchen in Anbetracht ihres armseligen Zustandes keine Eigentümer bzw. keine Familie hatte, kam mir aber dennoch zum einen sowieso schon wie ein Urlaubsverderber und nun zum anderen auch noch wie ein Kapitalverbrecher vor:

1. Mein Mann fand, wie Sie vielleicht zwischenzeitlich wissen, meine Idee nicht wirklich uneingeschränkt toll.
2. Die Angestellten der Trattoria beobachteten mich mittlerweile mit Argusaugen – schließlich hatte ich jeden Abend etliche Zeit »um deren Ecke« verbracht.
3. Wollte die Katze wirklich aus ihrem gewohnten Umfeld entführt werden?
4. Verpasse ich womöglich das einzig noch denkbare Tat-Zeitfenster?

18

5. Gibt es evtl. Zeugen der Entführung – wenn ja, mit welchen Konsequenzen hätte ich dann unter Umständen zu rechnen?

Da mein Mann ja sowieso nicht mehr viel mit mir sprach, fuhr ich also relativ früh zum Restaurant, um dort auf die kleine Italienerin zu warten. Natürlich war ich meiner Ungeduld und Nervosität entsprechend Lichtjahre zu früh dran. Ich stand mit unserem gemieteten Kleinwagen auf dem Parkplatz direkt, aber dennoch blickgeschützt, neben der Trattoria. Es gab noch keine Gäste geschweige denn eine Katze, auf die ich nun voll gespannter Unruhe und mit tiefer Sehnsucht wartete. Es verging eine Viertelstunde, eine halbe Stunde, während ich den Tatort observierte, und ich war schon völlig verzweifelt. Ich konnte es nicht glauben und fluchte innerlich: »Mein Gott, jeden Abend bist du da gewesen – warum nicht heute? Gut, fünf Minuten gebe ich dir noch. Wenn du dann nicht da bist – na du wirst schon sehen, was du davon hast.« Und dann sah ich sie. Sie lief mit tänzelndem Gang über die Hauptstraße, wie üblich in Richtung ihres unfreundlichen und kargen Futterplatzes. Mir fiel ein riesiger Stein vom Herzen. Was hätte ich nur gemacht, wenn sie ausgerechnet an diesem Abend nicht erschienen wäre? Aber, das Folgende war dann doch erstaunlich einfach. Ich machte die Fahrertür auf und lockte sie mit leisem Rufen. Zunächst stand sie still und erstarrt, um sich zu orientieren. Dann registrierte sie mich und lief begeistert auf mich bzw. das Auto zu. Der Rest waren Sekunden und zwei kurze Sätze: Mit einem Satz war sie im Auto und mit dem zweiten Satz im Koffer. Diesen Koffer hatte ich im Rahmen meiner Entführungsplanungen offen auf den Beifahrersitz gestellt. Mit ein wenig Wurst darin wurde daraus eine äußerst wirksame Katzenfalle, in der nun Trulli saß.

19

Deckel zu, eventuelle Verfolger abschütteln und mit Vollgas zurück zum Hotel.

Die erste gemeinsame Nacht mit der kleinen Katze verlief sehr gemischt. Zum einen war ich sehr euphorisch darüber, dass der erste Teil des Planes geklappt hatte, zum anderen zeigte sich Michi, mein Mann, nach wie vor unversöhnlich. Wir gingen zu Dritt ins Bett. Michi auf seiner Seite, Trulli und ich auf meiner Seite.

Wir hatten kein Katzenklo!

Natürlich war mir die Problematik bewusst. Bevor wir also ins Bett gingen, baute ich die Koffer-Katzenfalle zu einem Koffer-Katzenklo um. Eine wasserdichte Einkaufstüte auf den Boden des Koffers gelegt und ein dickes Badetuch darüber – fertig. Wieder einmal stellte die Kleine ihre angeborene Intelligenz bzw. ihren unglaublichen Instinkt unter Beweis. Mitten in der Nacht hörte ich, wie sie vom Bett sprang und zielsicher im Badezimmer verschwand, als ob sie diesen Weg schon seit Tagen regelmäßig gegangen wäre. Keine fünf Minuten später lag sie wieder bei mir im Bett. Damit hatte sie den ersten Stein bei meinem Mann im Brett – weitere sollten folgen.

Am nächsten Tag, es war Samstag, hatte ich einen Termin mit dem Veterinär. Ich danke heute noch Dottore Calderaro, nicht nur weil er die kleine Italienerin – die bis dato ja noch keinen offiziellen Namen hatte – untersucht und behandelt, sondern weil er mir auch ein einmaliges Tierarzterlebnis beschert hat. Herr Calderaro war mir durch seine Schwester vermittelt worden, die – man glaubt es kaum – zufälliger- und glücklicherweise im Hotel am Empfang arbeitete. Was für eine himmlische Fügung! Nicht nur das, er kam an diesem Sams-

20

tag, einen Tag vor Abflug, gegen 10.00 Uhr zu unserem Hotel, holte mich persönlich ab und fuhr mit seinem Wagen voraus zu seiner Tierarztpraxis, die mit dem PKW keine fünf Minuten entfernt lag. Bei diesem außergewöhnlichen Service machte ich mich auf eine dicke Rechnung gefasst.

Die Praxis befand sich direkt an einer Hauptdurchgangsstraße, der Eingang der Praxis lag hinter einem Rolltor und sah aus wie eine möblierte Garage oder komfortabler Lagerraum. So etwas hatte ich in Deutschland noch nicht gesehen. Auch wenn es merkwürdig klingt, gerade deshalb und natürlich wegen des sympathisch trockenen Arztes spürte ich: »Hier bist du richtig«.

Seine Schwester hatte ihn bereits darüber informiert, um was es ging, nämlich – die Katze zu untersuchen und ein Gesundheitszeugnis auszustellen, damit ich Trulli mit nach Deutschland nehmen könnte. Natürlich wollte er noch einige Details von mir wissen. Wo ich die Katze gefunden hätte, wohin sie komme, weshalb ich sie mitnehmen möchte, usw. Dies erwies sich als relativ kompliziert, denn ich beherrsche neben Deutsch, Englisch, etwas Französisch, nur ungefähr dreißig Wörter Italienisch (so viel wie man eben braucht, um selbst in Italien nicht zu verhungern) und der Tierarzt sprach nur italienisch, dies allerdings fließend. Aber wie es so oft ist, Schwierigkeiten sind dazu da, um bewältigt zu werden, und wenn sich zwei Menschen und ein Tier treffen, die sich sofort verstanden haben, dann klappt es auch mit der Kommunikation. Meine zukünftige Katze wurde untersucht und geimpft. Außerdem wurde ihr ein Chip implantiert, damit sie registriert und »personenüberwachungsmäßig« für die Reise zuzuordnen ist. Nachdem alles zur allgemeinen Zufriedenheit erledigt war, setzte sich der nette Arzt, der eine Zigarette im Mundwinkel hängen hatte, an

21

seinen Schreibtisch um die notwendigen Papiere auszufüllen. Ich war einerseits fertig mit den Nerven und andererseits aber auch sehr glücklich und erbat mir ersatzweise für »ein Glas Sekt und/oder eine Beruhigungspille« eine Zigarette von ihm. So saßen wir beide (ich innerlich halb lachend/halb weinend) zufrieden vor uns hinpaffend an seinem Schreibtisch und unterhielten uns. Wie gesagt, unterhalten konnten wir uns ja eigentlich nicht. Wichtig für die Papiere war natürlich auch der Name der reisenden Katze. Als der Arzt mich fragte, wie denn die Katze heißen solle, sagte ich spontan: »Trulli!«

Trulli war der Name, der uns immer daran erinnern sollte, woher sie kam. Und was gab es Treffenderes als ihr den Namen der bezaubernden »Trullo-Haubenhäuschen« zu geben aus dem Ort, in dem sie geboren war. Natürlich klang für mich Trulli etwas katzengerechter als Trullo und es ist schlicht der Plural von Trullo. Dottore Calderaro fiel fast seine Zigarette aus dem Mund. Er lachte herzlichst und beugte sich vor sich hin wippend immer wieder über seinen Schreibtisch. Dabei rief er mehrmals verzückt den Namen seiner Patientin und nun offiziell meiner kleinen Adoptiv-Katze: »Trulli, Trulli, Trulli!« Für mich klang es beinahe wie eine euphorische Liebeserklärung in einer italienischen Oper. Puccini und Co. hätten ganz sicher ihre Freude gehabt, und hätte es je ein gegenseitiges Problem zwischen dem Arzt und mir gegeben, so wäre dieses vermutlich spätestens mit der Namensgebung aus der Welt geschafft gewesen. Herr Doktor war einfach entzückt. Natürlich wollte er wissen, wie der Heimtransport geplant war. Er schien in diesem Fall jedoch nicht gänzlich überzeugt und bestand darauf, mir zu helfen. Wir fuhren also in getrennten Fahrzeugen wieder zurück in Richtung Hotel. Auf halbem Wege hielten wir vor einer Tier-Apotheke. Sie staunen? Ja, das war mir auch neu. Dort, in Alberobello, gibt es jedenfalls eine sogenannte

22

Tier-Apotheke, in der man nicht nur Medikamente für eine große Anzahl Nichtmenschler, sondern auch allerlei weiteres Zubehör kaufen kann. So suchte der begeisterte Tierarzt in meinem Namen einen Transportkorb (der übrigens nicht den offiziellen Katzen-Flug-Beförderungsvorgaben entsprach) und diverses Futter aus. Nie hätte ich es gewagt, meine eigenen Vorstellungen oder die der Fluggesellschaft einzubringen. Anschließend fuhr er mit mir zum Hotel zurück. An diesem Tag hatte seine Schwester wieder Dienst und er bestand darauf, mir nochmals alles haarklein durch sie übersetzen zu lassen, was er mir im Rahmen seiner Untersuchung in seiner Praxis erklärt hatte und ich ihm. Dies erwies sich als überflüssig. Wie sich herausstellte, gab es nichts mehr zu klären – wir hatten uns prima verstanden. Übrigens, die Tierarztrechnung stellte sich als äußerst kulant heraus.

Wie bereits erzählt, war mein Ruf im Hotel mittlerweile der einer Prominenten – wenn auch etwas einseitig gefärbt. An der Rezeption wartete man schon auf mich und Trulli, die nach der tierärztlichen Untersuchung noch bzw. wieder in ihrem Koffer saß. So musste ich also dem anwesenden Personal einen Blick in die Katzenfalle gewähren. Mir schien dabei, als ob meine Kleine und sogar ich mittlerweile ein paar Sympathien erworben hatten. Dem Misstrauen war freundliche Neugier gewichen.

Die Nacht wurde dann etwas aufregend. Trulli wurde immer stiller und regelrecht apathisch. Sie reagierte auf nichts, fraß nichts und war kaum mehr ansprechbar. Dott. Calderaro hatte mir freundlicherweise seine Handy-Nummer gegeben (was für ein netter Mensch) und ich scheute mich daher nicht, ihn anzurufen. Schwer genug, sich mit jemandem zu unterhalten wenn man nicht dieselbe Sprache spricht. Umso schwerer ist

23

es am Telefon, wenn man keinen Blickkontakt hat. Wiederum kein Problem. Unser Tierarzt war überhaupt nicht verärgert wegen der späten Störung, und wir konnten die Angelegenheit wunderbar telefonisch klären. Ich hatte den Verdacht, dass Trulli vermutlich nur auf die diversen Injektionen reagierte und schlicht und einfach deshalb K. O. war. Ich stammelte als so etwas wie: »Trulli-Gatto es molto tranquilo, gatto no manchare – possibile par injectione?«

Lachen Sie ruhig, wenn Sie es besser können... Nun ja, immerhin hatte Dottore Calderaro mich verstanden, meinen Verdacht bestätigt und mich beruhigt. Alles war gut.

Am nächsten Morgen fühlte sich unsere Kleine schon wesentlich besser und es zeigte sich immer mehr, welch ein Schatz sie war. Sie ging mit uns und vor allem natürlich mit mir um, als würden wir uns schon ewige Zeiten kennen. Sie zeigte überhaupt keine Angst und war zärtlich und vertrauensvoll. Sie blieb problemlos und weiterhin stubenrein in unserem Zimmer zurück, während mein Mann und ich das Frühstück einnahmen und uns in Gedanken auf den bevorstehenden Abflug vorbereiteten. Später im Flur begegneten uns die netten Damen vom Zimmerservice. Auch diese waren mittlerweile natürlich bereits bestens informiert und hatten anscheinend nur auf uns gewartet. Auf jeden Fall bat mich eine der Beiden, ob sie nicht mal einen Blick auf unser Adoptivkind werfen dürfe. Ich öffnete also vorsichtig die Zimmertür und ebenso vorsichtig aber auch neugierig kam uns Trulli entgegen. Die freundliche Raumpflegerin war begeistert: »Una piccola negra!!«

24

Und jetzt haben wir vier

Hatte ich bereits erwähnt, dass mein Mann ziemlich sauer war? Nun ja, immerhin hatte unsere »piccola negra« ja bereits den ersten Stein bei ihm im Brett. Wir packten unsere Koffer und bereiteten uns etwas besorgt auf die Abreise vor. Die kleine Katze hatte einige Reisestunden vor sich: Eine gute Stunde Anfahrt zum Flughafen, Eincheckzeit ca. 1 ½ Stunden, Flug nach Stuttgart ca. 1 ½ Stunden und Fahrt nach Hause mit einer guten halben Stunde. Ich war wieder einmal nervös. Von unseren anderen Katzen kannten wir nur Stress, wenn es darum ging auch nur zehn Minuten mit dem Auto zu fahren: Lautes erbärmliches Jammern oder Wimmern und Hecheln wie kurz vor einem Kollaps gehören zum üblichen Begleitprogramm, wenn wir mal zum Tierarzt müssen.

Ich wollte mit Trulli, eingepackt in ihrer neuen Transportbox, in den Wagen einsteigen. Mein Mann sagte nur: »Das kommt ja überhaupt nicht infrage. Das können wir der Katze nicht antun. Die kommt raus aus der Box!« Ich glaubte nicht richtig zu hören. Wie bitte? Eine völlig fremde Katze frei im Auto herumspringen lassen? Hatten diese zwei Nächte und dieser eine Tag solch einen Sinneswandel bewirken können? Liebe Kinder, bitte nicht nachmachen! Ich setzte mich mit Trulli auf die Rückbank, öffnete vorsichtig ihren Korb und wir fuhren los Richtung Flughafen. Und was tat dieses unglaubliche Wesen? Sie stieg aus ihrer Box und legte sich neben mir auf die Rückbank. Dort lag sie ohne einen einzigen Mucks von sich zu geben bis zum Flughafen. Dort packten wir sie wieder in ihre Box, gaben das Mietauto zurück und checkten ein. Einer Italienerin fiel unser Trio auf und sie sprach uns in sehr gutem Deutsch wegen der Katze an. Ich erzählte ihr in Stichworten unsere Geschichte und erwähnte dabei auch, dass wir die Katze nur mitnehmen würden, um schnellstmöglich nach einem guten Zuhause für sie zu suchen, denn wir hätten ja bereits drei Katzen.

In diesem Moment sagte mein Mann: »Und jetzt haben wir vier«. So einfach war das.

Der Abflug verspätete sich dann leider noch um eine gute Stunde und Trulli musste insgesamt sehr lange Zeit in ihrer Box verbringen. Die ganzen Stunden hörten wir keinen einzigen Ton von ihr, so dass wir immer wieder nachschauten, ob sie überhaupt noch in ihrer Box sei. Das war ihr zweiter Stein im Brett bei meinem Mann – obwohl dieser Stein bereits nicht mehr notwendig war. Im Gegenteil, mein Mann kümmerte sich während des Fluges rührend um sie und legte sich dabei sogar fast mit einer Flugbegleiterin an, die aus Sicherheitsgründen darauf bestand, dass wir Trulli im Fußraum deponieren und nicht bei uns auf dem Sitz.

Als wir zuhause ankamen, erwarteten uns natürlich unsere anderen drei Katzen: Schlomo, Mieze und Wurstel. Wie integriert man nun eine Ausländerin? Am besten erst einmal mit Geduld und Distanz anderen Wesen gegenüber, die eventuell gewisse Vorbehalte haben könnten. Diese Distanz schuf mein Mann auf seine eigene liebevolle Weise.

Eingewöhnungsphase

Reinraum-Anhänger, Gesundheitsapostel, Putz- und Hygiene-Besessene und »Deutschland sucht die Super-Hausfrau-Teilnehmer«, blättern jetzt bitte vorsichtshalber etwas weiter. Denn, damit Trulli möglichst wenig Stress aushalten musste und sich außerdem schnellstmöglich wohlfühlte, bereitete Michi einen Liegeplatz auf unserem Esstisch in der Küche für sie vor! Es wurde eine mollige Decke am Rande des Tisches und direkt am Fenster mit Blick auf unseren Garten eingerichtet. So war sie immer bei uns, nahe am Futterplatz, mit schöner Aussicht und mit gesundem Abstand zu unseren anderen Katzen untergebracht.

Trulli war ja eine Straßenkatze, die vermutlich so Einiges gewöhnt war. Wie würde sie auf ihr neues Zuhause und die anderen Katzen reagieren? Wir mutmaßten, dass wir von ihr nach einer gewissen Karenzzeit – sprich vorläufigem Freigangverbot – nicht sehr viel zu sehen bekämen und sie schnell wieder herumstreunen würde. Außerdem hatten wir Bedenken, wie und ob sie sich an die anderen Katzen gewöhnen würde. Wieder einmal überraschte sie uns positiv. In Nullkommanix hatte sie sich mittels der ihr eigenen charmanten Art durchgesetzt. Sie schien nicht nur eine waschechte und somit kommunikative und selbstbewusste Italienerin zu sein, irgendwie musste sie auch Vorfahren bei Schaustellern gehabt haben. So war es eine ihrer Vorlieben, eine Art »Hau den Lukas-Methode« zu zelebrieren. Das heißt, sobald eine von unseren etablierten Katzen in ihre Nähe kam, gurrte sie ganz harmlos, freundschaftlich und lockend, und ehe Schlomo, Mieze oder Wurstel ahnen konnten, was ihnen blühte, haute sie ein- oder zweimal kräftig mit einer ihrer Vorderpfoten auf deren Kopf. Unsere drei »Alten« waren irritiert und konnten diesen besonderen südländischen Humor nicht so ohne weiteres nachvollziehen. Dennoch hatte Trulli mit ihrer Methode ganz schnell das Katzen-Kommando und somit die Führung übernommen, auch wenn sie verständlicherweise dadurch nicht unbedingt die uneingeschränkte Sympathie ihrer Artgenossen erworben hatte.

Streunende Straßenkatze? Unser Neuzugang erwies sich als das genaue Gegenteil. Sie war zwar keine auffällig verschmuste Katze, und sie wollte nie auf meinen Schoß, es sei denn, dieser war bereits durch eine andere Katze belegt. Dann benutzte sie zumeist wieder ihre »Hau-den-Lukas-Methode« und sah es dann aber wohl eher sportlich. Denn, sobald die heißbegehrte Stelle frei war, zeigte sie plötzlich keinerlei Interesse mehr an dem vorgewärmten Platz. Außerdem mochte sie es überhaupt nicht, auf den Arm genommen zu werden. Mein Mann wurde allerdings nicht müde, dieses wieder und wieder, wenn auch nur für kurze Augenblicke, zu trainieren. Er sagte dann jeweils: »Das üben wir noch«. Aber, sie liebte es sehr, ihre Lefzen ausgiebig und mit Wonne an meinen Händen und meinem Gesicht zu reiben und gab dabei reizende gurrende Laute von sich. Wenn sie etwas von einem wollte – und das kam des öfteren vor – krallte sie sich mit weit aufgerissenem Maul gähnend und scheinbar gelangweilt mit beiden Vorderpfoten in die vorhandenen Hosen- oder auch nur Beine ein. Dies erzeugte je nach Qualität der Hose oder auch nicht Hose mehr oder weniger schnelle und lautstarke Reaktionen meinerseits. In der Regel erfolgten meine Reaktionen turboschnell und turbolaut. Trulli, die ehemals streunende Katze, war so anhänglich wie wir es nie zuvor bei unseren anderen Katzen erlebt hatten. Sie lief mir immer wie ein Hund hinterher. Wenn wir im Wohnzimmer saßen und ich in die Küche ging, um mir etwas zu trinken zu holen, lief sie mir hinterher. Wenn ich in den Keller ging, um

28

Wäsche zu waschen, lief sie mir hinterher. Morgens, wenn ich aufstand und ins Badezimmer ging, wartete sie bereits und lief mir voraus und anschließend wieder hinterher. Wenn mein Mann und ich in den Garten gingen, lief sie mit uns hinaus. Wenn wir dann endlich wieder ins Haus zurück gingen, lief sie wieder mit uns zurück. Das ging so weit, dass ich ihr gegenüber ein schlechtes Gewissen entwickelte und mich kaum noch getraute, mich ganz selbstverständlich im Haus zu bewegen: »Ich kann doch jetzt nicht aufstehen, nur um etwas aus der Küche zu holen, dann muss die Arme ja schon wieder hinter mit herlaufen«. Manchmal versuchte ich Trulli auszutricksen und mich, wenn sie gerade döste, heimlich davon zu schleichen. Mein Mann sagte dann meistens: »Vergiss es!« Und meistens hatte er recht.

Was zeichnete Trulli noch aus? Sie schien vor Nichts und Niemand Angst zu haben. Sie war stets freundlich, auch zu fremden Menschen und fauchte niemals. Wie manch andere Katzen liebte sie es, wenn man ihr frisches Wasser in die Badewanne einließ um dort zu trinken. Sie trank jedoch fast ausschließlich aus ihren Pfoten, indem sie diese wie eine Schöpfkelle in das Nass eintauchte und dann ableckte. Manchmal versuchte sie katzenüblich mit ihrer Zunge zu schlabbern. Das sah dann sehr lustig aus, weil die Zunge selten die Wasseroberfläche traf. In der Regel schlabberte sie also Luft. Wenn es ihr dann doch gelang, glitzerten anschließend Dutzende Mini-Wasser-Bläschen verräterisch auf ihrer Nase bis hin zu ihren Ohren. Wenn ich ein Bad nahm, war Trulli wie immer stets dabei. Meist saß sie dann auf dem Wannenrand und schaute fasziniert auf die spiegelnde Oberfläche. Oft blieb es nicht aus, dass dabei ihr Schwanz im Wasser hing. Es muss ihr wohl gefallen haben, zumindest schien es sie nicht zu stören. Schließlich versuchte sie dann immer wieder erst über mich und dann »wie Jesus«

über das Wasser zu laufen. Sie sah dabei stets sehr verwundert drein, wenn es einfach nicht klappen wollte.

Im folgenden Kapitel erwähne ich, dass für das Büro meines Mannes absolutes Katzenverbot galt. Aber auch hier hat unsere Kleine uns bzw. meinen Mann um ihre kleinen schwarzen Tatzen gewickelt. Bereits nach kürzester Zeit war klar, dass wir uns auch in dieser Beziehung an neue Regeln gewöhnen sollten. Wenn ich nicht da war, besuchte Trulli also meinen Mann und belegte seinen Schreibtisch. Dort lag sie dann und sorgte erfolgreich dafür, dass Michi doch ab und zu längere der Regeneration zuträgliche Pausen einlegen musste. Es ist ja auch äußerst schwierig am Computer zu arbeiten, wenn immer eine Pfote nach den Händen hakelt und die daran angewachsene Katze darum buhlt verwöhnt zu werden. Im Rahmen dieser stetigen Erziehungsmaßnahmen entwickelte mein Mann schließlich einen neuen Kosenamen. Unser Neuzugang hieß für ihn nur noch »Drecksbatzen«. Ich hätte nie gedacht, dass man ein solches Wort so liebevoll aussprechen kann. Unser »Drecksbatzen« liebte es Fangen zu spielen. Sobald ich einen bestimmten zischenden Laut von mir gab, stob sie in rasendem Tempo davon. Entweder duckte sie sich dann ganz flach mit angelegten Ohren auf den Boden – vermutlich hielt sie sich mit dieser Hasentaktik für unsichtbar – oder verschwand hinter der nächsten Tür oder dem nächsten Schrank. Ich verhielt mich dann ganz ruhig und versteckte mich ebenfalls. Nach kurzer Zeit kam sie dann wieder vorsichtig angeschlichen, um zu sehen, ob die Luft wieder rein sei. Dann sprang ich aus meiner Deckung hervor und das Ganze begann wieder von neuem. Eines der Resultate unseres schönen Spiels ist, neben diversen anderen kleineren Schäden, ein zerschlitzter Duschvorhang, denn die Duschkabine war eines von Trulli's Lieblingsverstecken.

30

Es gab nur eine Eigenheit, die auf unser Unverständnis stieß. Trulli weigerte sich trotz aller angewandter Tricks und Mühen unsererseits strikt, ihr Geschäft im Freien zu erledigen. Selbst wenn sie mit uns im Hochsommer im Garten saß, lief sie immer in den Keller zurück, um im dort bereit stehenden Katzenklo ihren tierischen Bedürfnissen nachzukommen. Entweder war sie durch ihr Katzenklo-Erlebnis im Hotel in Italien konditioniert oder fand es einfach chic so. Nun ja, von der Straßenkatze zur Luxuskatze. Ansonsten verfügte sie über einen unglaublichen Charme, den ich nicht beschreiben kann. Jeder mit dem Trulli engeren Kontakt hatte, war von ihr hingerissen. Sie war ganz einfach bezaubernd.

Trulli beschenkt uns

Bereits nach drei bis vier Wochen stellten wir freudig fest, dass Trulli ziemlich zugenommen hatte. Kein Wunder, denn bei ihrem Ausgangsgewicht konnte sie nach menschlichem Ermessen ja nur zunehmen. Allerdings schien sich die proportionale Zunahme hauptsächlich auf eine bestimmte Körperregion zu fokussieren und auch die Zitzen schwollen merklich größen- und auch farbenmäßig an. Ich sagte zu meinem Mann – noch ahnungslos und naiv: »Ich glaube, Trulli wird langsam dick.« Mein Mann sagte: »Ich glaube, Trulli bekommt Babys«. Unglaublich! Eine Katze in diesem Alter? Ach ja, das hatte ich ja ganz vergessen... Als ich die kleine Italienerin in Alberobello untersuchen und impfen ließ, hatte ich den Arzt natürlich auch nach ihrem möglichen Alter befragt. Er schätzte, dass sie ungefähr Mitte Dezember des Vorjahres geboren worden war. Das heißt, als wir mit ihr nach Deutschland und in ihre neue Heimat reisten, war sie erst ca. fünf Monate alt!

Auf jeden Fall haben wir sofort einen Termin bei unserer Tierarztpraxis in Aich vereinbart. Dort wurde Trulli ordnungsgemäß gynäkologisch sowohl manuell als auch maschinell per Ultraschallbehandlung untersucht. Der Arzt meinte: »Herzlichen Glückwunsch, ich glaube ich sehe drei!« Ich sagte: »Danke, ich glaube ich sehe vier!«. Eines davon sah ich sehr deutlich. Es schaute quasi direkt in die Kamera – die Vorderpfoten wie Fäustchen rechts und links des Kopfes geballt. Leider bekam ich keinen Ausdruck des Ultraschall-Bildes. Die Tierarzt-Praxis war darauf drucktechnisch nicht eingerichtet. Mit welchem Stolz hätte ich dieses Bild in meinem Geldbeutel herum getragen. Übrigens zur Klärung – ich trage ansonsten keinerlei Fotos in meinem Geldbeutel mit mir herum. Auch ohne Foto-

32

dokumentation verließ ich die Praxis voll Euphorie. Michi und vor allen Dingen ich, waren einfach nur überwältigt. In meinen geheimsten Träumen hatte ich mir schon immer gewünscht, einmal das große Glück zu haben, Katzen-Großmutter zu werden. Ich schwebte also ganz besonders auf Wolken. Von nun an galt unsere ganze Sorge und Hinwendung der werdenden Teenager-Mutti. Schließlich war sie noch unglaublich jung und hatte ja noch einiges an Gewicht und jetzt vor allem auch an Nährstoffen aufzuholen.

Als Geburtstermin standen noch geschätzte drei bis vier Wochen im Raum. Dummerweise, natürlich nur in Anbetracht der Umstände, waren wir kurz vor Ablauf des frühest anberaumten Geburtstermins zur nachträglichen Feier des 50. Geburtstags einer lieben Bekannten nach Österreich an den Attersee eingeladen – und zwar am 16. Juni. Dort hatten wir wegen der langen Anreise zwei Nächte in einem netten Gasthof gebucht. Als das Geburtstagsfest und auch die erste Nacht vorbei waren, saßen mein Mann und ich am nächsten Morgen unabhängig voneinander etwas schweigsam und zerknirscht am Frühstückstisch. Ich weiß heute nicht mehr, wer von uns beiden damals zuerst die Sprache darauf brachte. Auf jeden Fall waren wir uns sofort einig. Wir hatten unglaubliche Sehnsucht nach unserer Katze und wollten so schnell wie möglich wieder zurück – vor allen Dingen aus der Angst heraus, dass die Geburt jeden Moment einsetzen könnte und das ohne uns? Also reisten wir umgehend ab. Es hat dann doch noch fast einen Monat gedauert… In dieser Zeit habe ich mir dann auch noch den verständlichen Missmut einer Kollegin eingehandelt, die für die Organisation des diesjährigen Betriebsausfluges mit verantwortlich war. Nun ja, da gab es halt eine Person, die anscheinend aus nicht nachvollziehbaren Gründen ihre Teilnahmezusage storniert hatte.

33

Eigentlich wollten wir nochmals mit Trulli zum Tierarzt, weil wir dachten, dass da was nicht stimmen kann. Der berechnete und mittlerweile ausgereizte Termin war nun deutlich überschritten. Schließlich eines Abends, am 13. Juli, saßen wir gemütlich vor dem Fernsehschirm. Plötzlich kam Trulli ins Wohnzimmer. Ihre Augen waren weit aufgerissen und sie gab äußerst merkwürdige Töne von sich. Mein Mann, der in seiner Jugend bereits einmal das Glück hatte, Katzenbabys aufwachsen zu sehen, sagte: »Jetzt ist es so weit, und du hast es in der Hand, wo sie ihre Jungen bekommt«. Trulli war ja sehr auf mich fixiert und wir hatten schon lange Zeit vor der nahenden Niederkunft etliche, genau gesagt sieben, »Katzenbaby-Geburts-Kreiss-Boxen« aufgestellt – vier davon im Obergeschoss: in einer Nische im Treppenhaus, im Schlafzimmer neben dem Bett, in einer großzügigen Schublade im Kleiderschrank und in einer Kiste im Badezimmer. Im Badezimmer natürlich in Gedanken an die späteren möglichen Zerstörungen und Ausscheidungen der Kinder und der damit verbundenen Hoffnung, dass ausgerechnet das Badezimmer der auserkorene Kreißsaal sein möge.

Ich war im Stress! Jetzt wurde es trotz der langen Planungen auf einmal sehr ernst. Ich ging nach oben ins Schlafzimmer – Trulli lief mir hinterher. Ich nahm Kopfkissen und Bettdecke und legte mich ins Badezimmer auf den Boden, schließlich sollte sie ja möglichst dort ihre Jungen bekommen. Trulli lief mir hinterher. Nach ca. einer halben Stunde und keiner einsetzenden Niederkunft seitens der werdenden Mutter, beschloss ich wegen einer gewissen unangenehmen Rückenschwäche meinerseits, vier Meter Luftlinie Richtung Schlafzimmer weiter und in mein Bett zu ziehen. Trulli lief mir mit sich immer steigernden und klagenderen Lauten hinterher und verschwand dann wieder von Unruhe getrieben.

Ich wollte unbedingt bei der Geburt dabei sein, bis ich dann aber doch irgendwann einschlief und erst ein paar Stunden später nachdrücklich geweckt wurde. Vermutlich hatte ich ganz falsche Vorstellungen von einer Katzengeburt. Dies war ja auch einer der Gründe, weshalb ich so nervös war. Ich dachte naiverweise, sie würde laut klagend und schrill schreiend ihre Kinder gebären und sich irgendwo in der »Wildnis« verstecken. Nein, wie gewöhnlich war sie für eine Überraschung gut: Gegen 1.00 Uhr nachts am 14. Juli, wachte ich durch Geräusche auf, die ich bis dahin nie vernommen hatte. Wer den Klang eines Didgeridoo kennt, kann sich vielleicht vorstellen, welche Töne ich in dieser Geburtsnacht hören durfte. Trullis Geburtsgesang war überhaupt nicht sehr laut und klang eher wie ein in sehr tiefer Stimmlage gesungenes

»Brommdommommmrommbomrommommbromommom«

Ich war mit meinen Nerven am Ende. Ich fühlte mich wieder – nichtsdestotrotz oder obwohl und vielleicht auch aus diesem Grund – wie eine liebevolle Mutter, die bei ihrem Kind sein und ihm alle Sorgen und Schmerzen abnehmen möchte.

Katzen sagt man im Allgemeinen nach, dass sie ihre Kinder gerne verstecken und diese möglichst abgeschieden und mit einem naturgegebenen Misstrauen den Menschen gegenüber auf die Welt bringen. Das stimmt in der Regel – das stimmte aber nicht für uns. Trulli hatte sich die Box im Schlafzimmer neben meinem Bett für die Geburt ihrer Kinder auserkoren. Nachdem das zweite Katzenkind auf der Welt war, plagten mich zwei ganz simple Dinge: Zum einen war ich fix und fertig und wusste kaum mit der Situation umzugehen, und zum anderen musste ich schlichtweg auf die Toilette. Also dachte ich bei mir: »Na gut, am besten du erfüllst erst einmal dein menschlich physisches und anschließend dein menschlich psychisches Bedürfnis. Geh' aufs Klo, verschwinde nach unten ins Wohnzimmer, mach' den Fernseher an und lenk dich ab. Da oben störst du doch sowieso nur. Die Katzenmama kommt viel besser ohne dich klar.«

Falsch gedacht! Kaum hatte ich mich meiner überflüssigen Körperflüssigkeiten entledigt und stand exakt auf der zweiten Treppenstufe von oben, um mich feige meiner Verantwortung zu entziehen, meldete sich Trulli mit kläglichem Rufen zu meinen Füssen. Sie verlor auf der Stufe erneut ihr Fruchtwasser und sah mich in vorwurfsvoller Katzenmanier an: Sie lag bzw. stand in den Wehen, hatte vielleicht Angst und ganz sicher Schmerzen und ich wollte sie einfach so sich selbst überlassen? Also trat ich in Begleitung mit ihr umgehend den Rückzug ins Schlafzimmer in ihre Geburtskiste bzw. ich meinerseits auf mein Bett an. Dort saß ich dann die halbe Nacht voller Erregung, Sorge und Liebe. Danke Trulli, was wäre mir nur entgangen!

Wir hatten ja drei oder vier Katzen geplant (drei der Tierarzt, vier ich). Im Laufe der Nacht kamen sage und schreibe sechs! Katzenkinder auf die Welt – und ich hatte das große Glück und die große Gnade bei diesem Wunder dabei sein zu dürfen. Entschuldigung, das klingt sicher sehr schnulzig. Aber so war es. Ich war einfach fassungslos: Ich wünschte mir, ich wäre ein herausragender Schriftsteller, ein begnadeter Poet – was auch immer – diese Gefühle kann ich einfach nicht beschreiben. Mein Herz, meine Seele – schlichtweg alles in mir wurde überschwemmt, außer Kraft gesetzt, hakte aus – oder wie auch immer. Mein Gott, war das ein einmaliges, unglaubliches, und unendlich berührendes Erlebnis! An diesem Tag kam ich total unausgeschlafen und erschöpft ins Büro. Ich schickte

36

per internem Mail gleich die freudige Botschaft an all meine Kolleginnen und Kollegen. Zum einen war ich im wörtlichen Sinne »tierisch« stolz und zum anderen hatte ich auch ein rationales Bedürfnis. Wie finde ich Menschen, die diesen sechs bezaubernden kleinen Wesen irgendwann ein gutes Zuhause anbieten können und wollen. Natürlich hätte ich am liebsten alle behalten. Aber auch meine Verrücktheit hat ihre Grenzen. Mein Mann schickte parallel eine Nachricht an unsere Freunde und Bekannten.

Geburtsanzeige

Unsere kleine schwarze »Trulli« aus Alberobello, Apulien, ist anscheinend so froh über ihre Rettung als ausgehungerte Straßenkatze, dass sie sich prompt bei uns bedanken wollte. Sie ist im zarten Alter von 7 Monaten erschöpfte, aber stolze Mutter von s e c h s!! unglaublich bezaubernden kleinen Babys geworden.

Vater:	nur der Mutter bekannt – vermutlich Italiener
Geburtstag:	14. Juli
Geburtsort:	Schlafzimmer, IKEA-Schachtel (wohnst du noch oder lebst du schon)?
Uhrzeit:	1.28 / 2.21 / 2.48 / 2.52 / 3.13 / 3.53 Uhr
Größe der Babys:	durchschnittlich ca. 12 cm
Gewicht der Babys:	durchschnittlich ca. 100 g
Geschlecht:	Noch nicht feststellbar
Hunger:	sofort
Fell:	3 x Schwarz wie die Nacht 1 x heftig gestromt / marmoriert (Schwarz und Honig) 1 x mittel gestromt / marmoriert mit viel Schwarz 1 x mal sehen – auf jeden Fall sehr dunkel mit einem »Waschbärschwänzchen«

Es freuen sich riesig Susanne und Michi (Susanne ebenfalls erschöpft) und hoffen sehr, dass wir die ganze kleine Meute gut durchbringen…

Herzliche Grüße

Susanne und Michi

Die Babys waren einfach wunderschön. OK, drei davon waren »einfach« schwarz – wie die Mama – und die anderen drei waren ausgesprochen mutig gemustert, wie der oder die eventuellen Väter (bei Katzen soll es ja möglich sein, dass für einen Wurf mehrere Kater verantwortlich zeichnen, auch wenn diese – wie menschlich – anschließend nichts mehr davon wissen wollen). Aber ist es nicht bei den Menschen schlichtweg so, dass jedes Elternpaar überzeugt ist, dass sein Baby das schönste der Welt ist? Nun gut, nun hatten selbstverständlich wir die sechs schönsten, reizendsten und süßesten Katzen-Babys der Welt.

Die Kinderstube und wilde schöne Zeit

Unsere Kleine, die natürlich etliches nachzuholen hatte, war durch die sechsfache Geburt und ihre italienische Vorgeschichte doch sehr mitgenommen. Hinzu kam, dass sie dummerweise die Nachgeburten aufgefressen hatte, das – so hatte ich in einem Fachbuch gelesen – zu einem schlimmen Durchfall führen kann. Obwohl ich während der Geburt dabei war, war es mir nicht gelungen, sie davon abzuhalten. Dies lag wohl an meiner nicht vorhandenen Hebammen-Ausbildung und an dem von Trulli vorgelegten Tempo. Also mussten wir mit der Mama und ihren Kindern wieder unseren Tierarzt aufsuchen. Dieser gab uns Medikamente, gute Ratschläge und Milchpulver mit: Dies bedeutete, dass wir die Babys mit der Flasche zufüttern sollten. Mit den Medikamenten hatten wir erreicht, dass der Durchfall sich Gott sei Dank sehr schnell erledigte. Das mit dem Füttern war weitaus schwieriger. Nein, es war einfach unmöglich! Wenn wir einem der Kinder die Flasche geben wollten, fing dieses sofort ängstlich und gottesjämmerlich an, nach seiner Mutter um Hilfe zu brüllen – auch wenn es mehr ein spitzes Schreien war. Dies trug erstmalig nicht zu einem vertrauensvollen Verhältnis zwischen Trulli und uns bei. Also zäumten wir das Problem von hinten auf. Wir stellten die Versuche mit dem Zufüttern ein und stopften in Trulli noch mehr Leckerbissen als je zuvor. So bekam sie zu ihrem regulären Futter jeden Tag eine extra Portion mit gedünstetem Lachs oder Garnelen (natürlich von einem Discounter). Und es hat glücklicherweise funktioniert. Durch das proteinreiche Futter gelang es ihr, ausreichend Milch für ihre Babys zu produzieren.

Ein weiteres Problem tauchte jedoch bald auf. Katzen ziehen unter Umständen ab und zu mit ihren Kindern um, um ihre

40

Nachkommen zu schützen. Diese Umstände traten auch bei uns ein. Trulli war zum einen sauer über den Besuch beim Tierarzt und zum anderen gehört es sich für Globetrotter vermutlich einfach so, den Wohnort mal eben zu wechseln. Also zog sie vorläufig von ihrer Geburtskiste neben dem Bett in meinen Kleiderschrank, der ja bereits seit langer Zeit präpariert war. Nachdem ich es aber nicht lassen konnte dort paparazzimäßig einige Fotos von der glücklichen Familie zu machen, empfand sie dieses Nest wiederum nicht mehr als sicher genug und ging auf die Suche nach einer neuen und ruhigeren Dependance.

Unser Haus und alle Räume stehen jedem offen, ob Hund, Katze, Maus oder Mensch. Aber ein Raum war bisher immer tabu: Das Büro meines Mannes. Dort liegen immer Akten, Pläne, Zeichnungen auf dem Schreibtisch und auch auf dem Fußboden ausgebreitet herum. Hier war bis dahin absoluter Katzen-Verbotsplatz (Ausnahme Trulli) und dies galt natürlich ganz besonders für einen Katzen-Kindergarten. Eines Tages saß ich am Computer meines Mannes, die Tür hatte ich gewohnheitsmäßig hinter mir verschlossen und hörte von draußen äußerst seltsame Geräusche. Als ich die Tür öffnete, saß dort erwartungsvoll unser »Drecksbatzen«. Sie hatte eines ihrer Kinder im Maul und das zweite lag einzugsbereit zwischen ihren Tatzen. Da ich nicht von meinem Mann gemeuchelt werden wollte, habe ich ihr schweren Herzens den Eintritt verwehrt. Nach wiederholten Versuchen gab sie dann auch – vermutlich ebenso schweren Herzens – auf. Also – Trulli zog in Ermangelung des Büros meines Mannes in das Badezimmer um. Mein Gott, warum denn nicht gleich so?! Von nun an war unser Badezimmer nur noch ausgerichtet auf das Wohl unserer kleinen Italienerin und deren Babys. Wir deckten den kompletten Boden mit kuscheligen Tüchern ab, stellten ein

41

Katzenklo für die Mama und später ein zusätzliches und ein weiteres zusätzliches für die Kinder bereit und liefen ab sofort nur noch wie auf Eiern.

Mein Mann, hatte ich übrigens schon erwähnt, dass er Trulli eigentlich nicht aus Italien mitnehmen wollte? Auf jeden Fall: Eines Nachts wachte ich gegen halb drei Uhr auf und hörte merkwürdige Töne aus dem Badezimmer. Michi lag splitterfasernackt auf der Katzenunterlage – bäuchlings wie ein Säugling mit im 90 Grad Winkel hochgeklappten Beinen und sprach auf die mittlerweile ca. fünf Wochen alten Babys ein: »Ja wie, du willst mich wohl beißen? Frechheit! Du Wurm, du wirst dich noch wundern, so geht's aber nicht.« Begleitend gab er noch etliche merkwürdige Geräusche von sich. Man kennt das ja bereits durch das infantile Verhalten, das viele erwachsene Menschen Babys gegenüber entwickeln. Urplötzlich hat man den Eindruck, als ob der Mensch in einer affenartigen Geschwindigkeit zurück zur Evolution zu sausen scheint, und sein Wortschatz sich nur noch auf eine äußerst bescheidene Auswahl an Silben beschränkt. Die Katzenkinder sahen das anscheinend nicht ganz so eng, denn die kleinen Bündel kletterten weiterhin begeistert auf seine Arme, seine Hüfte, seinen Rücken und erklommen so manchen Berg. Hatte ich schon erwähnt, dass…?

Unser Badezimmer war im Laufe der Zeit nicht mehr wiederzuerkennen. Der Boden – ein einziges Matratzenlager. Mein Mann baute aus alten Kartons ein Baby-Katzen-Burg-Labyrinth, welches die Pelzknäuel voller Freude annahmen. Kaum schaute aus einer Luke ein Baby hervor, fiel oder sprang aus einer anderen Luke ein weiteres Baby heraus. Ein von meinem Mann akribisch mit Toilettenpapierrollen gefülltes Regal, wurde mehrmals täglich erfolgreich ausgeräumt, und die Rol-

42

len – wie bei uns hierzulande typisch in der Nacht zum ersten Mai von jugendlichen Tätern – mit viel Energie und viel Freude von den kleinen Rackern abgerollt und die Fetzen im ganzen Raum verteilt. Welche Freude, alles wieder aufzuräumen und darauf zu warten, diesen Vorgang turnusmäßig zu wiederholen! Schließlich wurden die Babys im Laufe der Zeit größer und das Badezimmer, das wir mit einem Brett im Türrahmen vorläufig vor eventuellen Fluchtmöglichkeiten abgesichert hatten, wurde zu klein und zu langweilig und so fingen sie naturgemäß an, das Haus Raum für Raum zu erkunden. Nacheinander gelang es ihnen die Hürde zu überwinden. Erstaunlicherweise war es ausgerechnet die kleinste Katze, die zuerst mit einem Klimmzug über das Brett krabbelte. Diese kleine – übrigens auch komplett schwarze Katze – war in jeder Beziehung die pfiffigste von allen. Ob es die Entdeckung der Katzentoilette war oder die Begeisterung für Dosen- oder Trockenfutter oder was auch immer. Dieser kleine Wurm glänzte mit einem sehr hohen IQ und KQ (letzteres Abkürzung für körperliche Intelligenz). Schließlich wagten sich alle Babys irgendwann vom Obergeschoss zum Erdgeschoss, Richtung Küche und Wohnzimmer. Dies ging nicht immer ohne ungewollte Purzelbäume und Blessuren aus. So fiel anfangs so mancher Versuch recht beängstigend und schmerzhaft – aber im Ergebnis doch lehrreich – für die Kleinen aus.

Morgens warteten sie schon darauf, dass einer von uns aufstand. Gewohnheitsmäßig schlafen mein Mann und ich nicht in einer Ritterrüstung, dies sollte sich in Anbetracht der vorhandenen Katzenübermacht als äußerst fatal heraus stellen. Sobald wir also auf der morgendlichen Bildfläche erschienen – und diese Vorliebe galt dummerweise in der Regel immer mir – fielen die Kleinen wie Piranhas über ihr naives Opfer her. Kaum kam ich die Treppe herunter, sprangen sie mit ihren nadelspitzen

43

Krallen an mir hoch, als gelte es einen neuen Höhenrekord aufzustellen. Nach diesen täglichen Attacken hätte ich so manches Mal eine gut dosierte Bluttransfusion nötig gehabt. Da es Sommer war, fiel meine Kleidung entsprechend etwas leichter aus. Ich trage zwar vorzugsweise Hosen, aber auch diese können im Sommer nicht alles kaschieren – schließlich rutscht ja bei den vor mir bevorzugten weit geschnittenen Leinenhosen auch mal ein Hosenbein etwas nach oben. So ließ es sich nicht vermeiden, dass ich eines Tages – dermaßen perforiert – im Büro saß und meine Kollegin Gina hereinkam. Diese bemerkte entsetzt: »Mein Gott, Susanne, du lässt dich ja total zerfleischen!« Na ja, hierzu muss ich erklärender Weise anmerken, dass Gina manchmal zu Übertreibungen neigt.

Trulli liebte ihre Kinder, wie es sich für eine gute Katzenmutti gehört und ließ sie nur für kurze Momente alleine. Mit den Wochen wurde ihr aber auch bewusst, dass die Kleinen ja nicht nur zum Spaß auf der Welt sind bzw. sie diese unbedingt auf den Ernst des Lebens vorbereiten muss. Den Ernst des Lebens hatte sie in ihrem jungen Katzenleben schließlich durchaus kennen gelernt. Also versucht eine fürsorgliche Katzenmutter natürlich, ihren Jungen das Fangen und Erlegen von Beute beizubringen. Erfahrungsgemäß muss u. a. leider die eine oder andere Maus dabei ihr Leben der Forschung opfern.

A propos – gibt es eigentlich in Italien keine Mäuse?

Trulli schleifte zu unserem Leidwesen alles Mögliche an – jedoch keine einzige Maus. So musste z. B. einmal ein Grashüpfer ohne Sinn und Zweck sein kurzes Leben aushauchen und einmal eine Libelle. Ohne Sinn und Zweck deshalb, weil ihre Kinder das Mitgebrachte und den Geschmack der Mutter nicht zu schätzen wussten. Besonders rührend fand ich, als ich eines

44

Morgens vom Schlafzimmer in den unteren Stock kam, als dort etliche Scheiben angeschimmeltes Brot im Flur lagen. Diese hatte unsere Kleine wohl nach und nach von irgendeinem Komposthaufen aus der Nachbarschaft für ihre Jungen hereingeschleift. Die Babys hatten aber nur enttäuschte und fragende Blicke für die äußerst magere und in keiner Weise lukullische Beute übrig. Wer mochte es ihnen verübeln?

Die von der Mutter mitgebrachte merkwürdige Kost tat jedoch der prächtigen Entwicklung der Kinder keinen Abbruch – schließlich gibt es ja auch leckeres Dosenfutter. Im Gegenteil: Alle sechs gediehen prächtig und sorgten täglich für ein äußerst abwechslungsreiches Programm: Blumen austopfen ist wichtig, wenn man lernen will sein zukünftiges Klo katzentauglich vorzubereiten, Frauchen oder Herrchen anspringen fördert den Muskelaufbau und schärft die Krallen, Schränke ausräumen macht einfach nur Spaß – denn die gesunde psychische Entwicklung darf ja auch nicht zu kurz kommen. Besonders beliebt war das Versteckenspielen. Eines Tages kamen mein Mann und ich nach Hause und keines der Babys war zu sehen. Wir stellten das ganze Haus auf den Kopf – nichts! Michi mutmaßte sogar, dass womöglich ein Marder ins Haus eingedrungen sein und unsere Lieblinge ermordet haben könnte. Aber so ganz ohne Spuren? Schließlich zogen wir die Tür des Spülen-Unterschranks in unserer Küche auf. Dort ist unser Mülltrennsystem untergebracht. Dieses ist zur Hälfte mit einem Blech abgedeckt, auf dem wir Putzmittel und Spültücher aufbewahren. Die Kleinen hatten es sich alle miteinander auf den weichen Tüchern gemütlich gemacht und lagen dort nebeneinander wie Wiener Würstchen oder Urlauber an einem überfüllten Badestrand (falls Ihnen das bekannt vorkommt…) und sahen uns mit freundlichen Augen an.

Neben tausend schönen Stunden und Erlebnissen zehren wir noch heute von unseren Babys – und das ziemlich…

Können Sie sich vorstellen, wie viel Katzenspreu wir in dieser kurzen Zeit verbraucht haben? Als die Kleinen langsam größer wurden, bis zur Zeit der Weitervermittlung – durchschnittlich 13 Wochen – mussten täglich drei Beutel Katzenspreu entsorgt werden. Haben Sie eine Ahnung was das letztendlich bedeutet? Das gesättigte Material kann nicht in die Toilette geworfen werden (heftigste Verstopfung ist vorprogrammiert). Unser Mülleimer war bereits nach zwei Tagen voll. Außerdem konnte er wegen Überladung nicht mehr von der Stelle bewegt werden. Aber, wir haben oder sollte ich sagen hatten einen sehr schönen Garten. Allerdings mögen wir keine Parkanlagen und bei uns sollte man eher eine Machete als Ersatz für das Taschenmesser in der Hose tragen. Also, was soll's? Schließlich haben wir die täglichen Ausscheidungen samt Bindegranulat einfach in eine Ecke auf einen großen Haufen von ca. 2 m³ geschüttet. Den Babys ist das vermutlich egal. Diese sind seit langer Zeit gut untergebracht – der Haufen aber ist immer noch da…

Trulli wird krank

Die Trulli-Kinder waren zwischenzeitlich erfolgreich vermittelt und es wurde nach einer kurzen Übergangszeit nötig Trulli zu sterilisieren. Natürlich hätte ich keinerlei Probleme gehabt, nochmals einen Wurf mit aufzuziehen. Das wäre sicherlich aber nicht gut für unsere Katze gewesen. Ich war doch so schon erleichtert, dass wir alles gut gemeinsam miteinander hinbekommen und auch die Kinder mit Hilfe unserer Geburtsanzeige, relativ leicht und stressfrei ein gutes Zuhause gefunden hatten.

So ließen wir unseren kleinen Drecksbatzen also im Oktober bei unserem Tierarzt in Aich operieren. Den Eingriff schien sie zunächst gut überstanden zu haben und war nach zwei bis drei Tagen eigentlich wieder fit. Nach drei oder vier weiteren Tagen war sie verschwunden. Das heißt, sie zog sich in den Keller zurück, versteckte sich dort und distanzierte sich uns gegenüber immer mehr. Ganz kurz kam sie in die Küche und ich wollte ihr natürlich etwas zu Fressen geben. Nach einem kurzen Lecken verschwand sie dann wie von der Tarantel gestochen wieder Richtung Katzenluke, als ob Chili in ihrem Futter gewesen wäre. Wir machten uns große Sorgen und mussten ja sowieso wieder zum Tierarzt, um die Fäden ziehen zu lassen. Nur mit einigen Mühen bzw. mehreren Versuchen gelang es uns, Trulli einzufangen, so ängstlich und gestresst war sie mittlerweile.

Unser Tierarzt mutmaßte sofort nachdem er ihr Maul untersucht hatte, dass sie unter dem Stomatitis- und Gingivitis-Syndrom leidet. Das ist eine sehr schmerzhafte und kaum bzw. – wenn überhaupt – sehr schwer therapierbare chronische

47

Krankheit. Dabei entzündet sich der Mund- und Rachenraum auf fürchterliche Weise. Die Entzündung war so schlimm fortgeschritten, dass bei der bloßen Berührung des Zahnfleisches sofort Blut floss. Sie hatte fürchterliche Schmerzen. Das erklärte natürlich ihr panisches Verhalten. Die Vermutung für die Entstehung der Krankheit war, dass sie wohl ein sehr angeschlagenes Immunsystem haben musste, das nun zusammengebrochen war. Als Baby schon im Mutterleib unterversorgt, dann in jungen Monaten keine ausreichende Nahrung, im Kindesalter selbst Mutter geworden und dann noch die Sterilisation. Das alles in einem kurzen Katzenleben von ca. 9 Monaten.

Zunächst bekam sie ein Schmerzmittel, dann Antibiotika und Cortison gespritzt. Diese Prozedur mussten wir innerhalb von zwei bis drei Monaten wiederholen. Es wurde nie wieder so schlimm in diesem Zeitraum, da wir jetzt ja rechtzeitig bemerkten, wenn sich auch nur eine Kleinigkeit veränderte. Jedoch war das auf Dauer keine Lösung. Schmerzen – wenn auch leichtere – hatte sie sicher immer und wir spürten, dass sie darunter litt. Unser Tierarzt erklärte uns noch eine alternative Behandlung: Alle Zähne ziehen!!! Dies sei aber auch keine hundertprozentige Erfolgsgarantie. Das kam für uns überhaupt nicht infrage. So eine junge Katze ohne Zähne und nochmals zusätzliche Schmerzen und erneuten Stress!? Eine weitere Möglichkeit gab es eventuell noch. Das Immunsystem könnte aufgebaut werden und wir sollten dies über Naturheilverfahren versuchen. Sofort setzte ich mich an den PC, um in Internet zu recherchieren. Über viele Umwege fand ich dann auch eine junge Dame, die uns weiterhelfen wollte. Die Naturheilpraktikerin für Tiere, befragte uns und pendelte aus, Globolis und Bachblüten wurden verordnet. Dann musste ich Trulli eines Teiles ihrer Behaarung berauben und an ein Labor schicken, wo die Probe auf toxische Elemente untersucht wurde. Dort

48

mischte man dann passende Tropfen. Diese Tropfen zusammen mit Bachblüten haben wir Trulli mehrmals täglich mehr oder weniger erfolgreich mit viel Überlistungsversuchen und ständig wechselnden kleinen Leckereien verabreicht. Es gab Rückfälle, erneute Cortisonspritzen und letztendlich neu gemischte Tropfen, die dann endlich anzuschlagen schienen. Der Gesundheitszustand unserer Katze war zum ersten Mal über einen längeren Zeitraum relativ stabil. Wir waren froh. Auf diesem Level konnte es weiter gehen. Auf diesem Level konnte sicher auch Trulli, wenn auch mit Beeinträchtigung, leben.

Trulli's Abschied

Es war Mittwoch, der 25. April. Mein Mann und ich hatten einen wunderschönen Nachmittag und Abend auf einem Frühlingsfest in Stuttgart verbracht. Dort hatten wir die Atmosphäre, das leckere Essen im »Französischem Weindorf« und auch den guten Wein genossen. Im Nachhinein betrachtet, hat es uns dort wohl zu gut gefallen...

Wir kamen in gelöster Stimmung gegen 22.00 Uhr nach Hause. Wer nicht da war, war unsere kleine Italienerin. Dies war sehr außergewöhnlich, denn sie wartete immer auf uns. Natürlich waren wir beunruhigt, aber was hätten wir in der Dunkelheit machen sollen? Außerdem, so versuchten wir uns zu trösten, ist es ja nichts Ungewöhnliches, dass Katzen für ein paar Stunden durch Abwesenheit glänzen. Im Gegenteil, genau dieses ist doch eigentlich katzentypisch – aber es war eben nicht typisch für Trulli. Heute denke ich, dass wir einfach nicht wahrhaben wollten, dass etwas Schreckliches passiert sein konnte, und wir es schlichtweg verdrängt haben. Nach einer halben Stunde gingen wir schließlich, jeder für sich beunruhigt, ins Bett. Am nächsten Morgen war unsere Katze schon wieder bzw. immer noch nicht da. Alles Verdrängen half nichts mehr. Ich war unter Zeitdruck, da ich wegen der unruhigen Nacht dann schließlich doch verschlafen hatte und mich schnellstmöglich auf den Weg zur Arbeit machen musste. Ich bat meinen Mann nach Trulli zu suchen, in der Angst, dass sie vielleicht irgendwo in der Nähe schwer verletzt oder gar tot am Straßenrand läge.

Ich war gerade ungefähr eine Stunde im Büro als mich mein Mann ganz aufgeregt anrief: »Du musst sofort beim Tierarzt anrufen und Bescheid sagen, dass ich komme. Ich habe Trulli bei uns im Garten in den Büschen gefunden. Sie ist wach, reagiert aber überhaupt nicht und bewegt sich auch nicht.« Trotz meiner großen Sorge und Angst war ich sehr froh, dass wir sie gefunden hatten – zumal sie äußerlich nicht verletzt und bei Bewusstsein war. Ich dachte, dann kann es doch eigentlich gar nicht so schlimm sein. Natürlich wollte ich so schnell wie möglich zu meiner Katze und zu meinem Mann und habe Gott sei Dank einen verständnisvollen Chef, der mich sofort gehen ließ. Ich ließ also alles stehen und liegen und machte mich unverzüglich auf den Weg zu unserem Tierarzt. Als ich dort ankam, sah ich bereits meinen Mann vor dem Haus, der gerade versuchte, mich mit seinem Handy zu erreichen. »Trulli wird gerade noch untersucht, aber es sieht nicht gut aus. Ein Vorderlauf ist gelähmt und unter Umständen muss dieser amputiert werden.« Ich war geschockt und wollte an ihm vorbei – schnell in das Behandlungszimmer zu meinem kleinen großen Schatz. Mein Mann hielt mich jedoch auf und sagte mit ganz ruhiger Stimme: »Wir müssen darüber reden. Wenn sich die Diagnose bestätigt, dann bin ich dafür das durchzuziehen, was wir vor langer Zeit schon einmal besprochen haben«. Eine elegante Umschreibung dessen, unsere Katze töten zu lassen. Wir hatten wegen der schlimmen chronischen Erkrankung auch darüber gesprochen, was die letzte Möglichkeit sein sollte. Und wir waren uns – naiver Weise und mit sooooo viel Abstand einig – dass es für uns keine Frage wäre unsere kleine Trulli einschläfern zu lassen, bevor wir ihr alle Zähne ziehen lassen würden. Natürlich immer mit Rücksicht auf den ganzen bisher durchgemachten Stress und die sehr fraglichen Heilungsaussichten. Ich lief weiter und stürmte unangemeldet in das Behandlungszimmer, wo sich gerade zwei Ärzte und eine Praktikantin um unseren Liebling kümmerten. Mir brach fast das Herz und mir liefen die Tränen, als ich sie so sah. Mit großen fragenden Augen ließ sie alles mit sich geschehen. Sie bewegte sich nicht, ließ sich klaglos eine Infusionsnadel setzen und wehrte sich auch nicht, als sie in den Röntgenraum gebracht wurde. Wie lieb und vollkommen arglos sie war. Dieses gezeigte Urvertrauen war für mich noch schmerzlicher als ihr gesundheitlicher Zustand. Wie konnte das nur sein? Wie kann es sein, dass man bis auf ein paar fehlende Haarstellen am Kopf keinerlei äußerlichen Verletzungen sowie keinen Tropfen Blut sieht und dass – wie sich nach dem Röntgen herausstellte – keinerlei innere Verletzungen vorliegen und die Katze dennoch so schwer verletzt ist? Vermutlich war Trulli also vor ein Auto gelaufen und hatte zumindest einen heftigen Schlag auf den Kopf und auf die Beine abbekommen. Entweder war durch diesen Schlag ein Nerv im Lauf abgerissen worden oder vielleicht lag die Ursache ja auch an einer Schädigung des Gehirns.

Einer der behandelnden Ärzte empfahl, die Patientin auf jeden Fall zunächst einen Tag in der Praxis zu belassen – dann sähe man weiter.

Dann sähe man weiter...

Mein Mann und ich sind wieder zu unserer Arbeit zurück gefahren – ich in mein Büro nach Nürtingen, mein Mann in sein Büro bei uns zuhause. Nach Feierabend ging ich erneut beim Tierarzt vorbei, um unsere Katze zu besuchen. Ihr Zustand war unverändert. Sie lag regungslos in ihrem Käfig und reagierte kaum – sie schien vollkommen entkräftet und stand vermutlich weiterhin unter Schock – wie auch ich. Ich fuhr heim, wo mein Mann mich schon erwartete. Es war ein schöner, warmer und sonniger Tag und wir setzten uns gemeinsam wie üblich an einem solchen Tag noch in unseren Garten, der bis dato immer unser kleines Paradies gewesen war.

52

Dann sähe man weiter…

Wir waren so verzweifelt. Trulli war nicht tot, aber auch nicht wirklich lebendig. Sie war nicht schwerstverletzt, sodass eine Spritze letztendlich nur eine Erlösung und die einzig mögliche Entscheidung für sie gewesen wäre. Aber sie war schwer verletzt und zumindest einer ihrer Vorderläufe war gelähmt und würde es vermutlich bleiben und müsste evtl. sogar amputiert werden. Unsere Trulli mit nur einem Vorderlauf? Trulli, die mehr als jede andere Katze, ihre Vorderpfoten unbedingt brauchte. Trulli, die täglich mit Hingabe unseren anderen drei Katzen mit den Vorderpfoten auf den Kopf klopfte, die Wasser nie aus der Schüssel sondern immer aus ihren Pfoten trank, die so gerne auf Bäume kletterte und die sich immer, wenn sie etwas wollte, mit beiden Vorderpfoten bei mir an der Hose aufhing, um so meine besondere Aufmerksamkeit zu erregen? Trulli, die wie eine Verrückte durch die Zimmer raste, um mit mir Fangen zu spielen? Hinzu kam auch noch ihre chronische und nicht richtig therapierbare Stomatitis, mit der sie immer wieder mehr oder weniger starke Schmerzen aushalten musste. Auch hier wussten wir nicht, welchen Verlauf diese Krankheit mit der Zeit nehmen würde. Was sollten und konnten wir unserem geliebten »Drecksbatzen« noch an Stress, Schmerzen und Leid zumuten? Was konnten wir uns noch »zumuten«? Mein Mann und ich haben beide an diesem Abend viel geweint und miteinander und um eine Entscheidung gerungen.

Dann sähe man weiter…

Am nächsten Tag, es war Freitag, der 27. April, hörte ich gegen 11.00 Uhr mit der Arbeit auf, um einen sehr schweren Gang anzutreten. Mein Mann hatte den ganzen Tag einen geschäftlichen Auftrag in Esslingen zu erledigen und hatte mir

53

am Vorabend ein Versprechen abgenommen, von dem ich bis dahin nicht wusste, ob ich dieses erfüllen werden könnte. Beim Tierarzt angekommen durfte ich direkt zur Krankenstation durchgehen. Trulli ging es wesentlich besser. Sie war munter, schnurrte und war hungrig. Sie konnte aber wegen ihrer Lähmung nicht aufstehen und versuchte daher liegend etwas von dem bereitgestellten Trockenfutter aufzunehmen. Was für ein beklagenswerter Anblick! Der Arzt kam herein und teilte mir mit, dass mit einer Besserung der Lähmung vermutlich nicht zu rechnen sei. Er hätte einen Vitalitätstest durchgeführt, auf den die Patientin in keiner Weise reagierte. Er meinte dann noch, dass eine Katze grundsätzlich mit drei Beinen leben könne, jedoch wäre es »etwas geschickter« wenn nicht die Vorderläufe sondern die Hinterläufe betroffen wären. Dabei schaute er mir zum ersten Mal bewusst ins Gesicht. Die vielen Tränen am Vorabend hatten sicher ihre Spuren hinterlassen. Ich war sehr blass und meine verquollenen Augen sprachen für sich. »Mein Mann möchte, dass wir die Katze einschläfern lassen«, sagte ich wiederum weinend. Ich betonte besonders, mein Mann möchte, da ich bis dahin immer noch große Zweifel hatte, ob diese Entscheidung richtig war bzw. ich mich einfach nicht damit abfinden konnte, dass dies das Ende bedeuten sollte. Ich hatte zwar den Tag zuvor auch mit einigen Menschen aus meinem Bekannten- oder Kollegenkreis gesprochen, die ebenfalls große Katzenliebhaber sind. Alle hatten sich unter den unglücklichen Umständen rückhaltlos dafür ausgesprochen, Trulli einschläfern zu lassen. Eine wirkliche Hilfe war es allerdings nicht. Diese Entscheidung kann leider niemand abnehmen.

Schließlich habe ich das Versprechen an meinen Mann eingelöst und weiß heute trotz aller fürchterlichsten Schuldgefühle, dass es richtig war. Unser Tierarzt trug mir noch unsere kleine

54

Katze ins Auto und ich hatte das Gefühl, dass auch er sehr traurig war. Schließlich hatte er Trulli mit seiner Kollegin von Anfang an begleitet und zusammen mit uns auch gegen ihre Stomatitis gekämpft – und nun ein solches »Scheiss!« Ende.

Als mein Mann gegen 16.00 Uhr nach Hause kam, begann er sofort schweigend ein Grab auszuheben. In unserem Vorgarten gibt es bereits sechs Katzengräber, die alle nebeneinander liegen. Trulli jedoch erhielt einen eigenen besonderen Ehrenplatz. Drei Tage nach der Beerdigung hat mein Mann ihr dann noch persönlich einen Kranz gewunden und auf das Grab gelegt. Auch dieses war ein Novum. In die Mitte des Kranzes legten wir noch eine große steinerne Kugel. Die Kugel würde auch wunderbar auf die Spitze eines der hübschen Trulli-Häuser passen, denn letztendlich gehört zu einem »Pudelmützen-Dach« auch der passende »Bommel«.

So schloss sich also der »apulische Kreislauf«.

Trulli's Vermächtnis

Trulli's sechs Babys haben alle ein gutes Zuhause gefunden, die Namen wurden von den Adoptiveltern vergeben (mein Mann und ich sind in diesem Fall also total unschuldig). Wir begrüßen jedoch die teilweise mutigen Namensfindungen:

Olli und Freddy wohnen heute glücklich bei Stuttgart.

Warf und Harriet erfreuen ihr Frauchen in Heidelberg.

Jeanny und Mowgli »therapieren« mittlerweile äußerst erfolgreich eine ehemalige »Katzenphobikerin« bei uns hier im Ort und gehören nun zu ihr und zu deren Familie.

Und wir?

In den vergangenen Jahren hatten wir circa ein Dutzend Katzen, die wir alle geliebt haben. Wobei es sich immer wieder herausstellte, dass mein Mann und ich jeweils immer verschiedene Lieblingskatzen hatten. Nun ja, der arme Wurstel gehört nicht gerade zu unseren Favoriten – man möge es uns vergeben. Er wurde mir vor ca. acht Jahren vom Tierheim mit bestem Wissen und Gewissen und aus gutem Grund angetragen. Simon, so hieß er damals noch, war eines der armseligen Geschöpfe, das niemand wollte.

Wurstel hat mittlerweile das Volumen und Gewicht von drei Katzen. Eigentlich ist er kein Stubentiger sondern ein Stubensauger bzw. Staubsauger auf vier Füßen. Kein Futterteller, kein Krümel, ist vor ihm sicher. Er stülpt sein kleines Maul über das Futter – schlurps hat er das begehrte Fressen regelrecht

56

inhaliert. Obwohl wir für ihn mittlerweile eine Hundeklappe eingebaut haben, findet er es verständlicherweise viel bequemer, ab und zu in unseren Keller zu scheißen (Entschuldigung), als sich in den Garten zu bemühen. Trotz allem Verständnis für ihn, können Sie mich wenigstens ein bisschen verstehen, wenn ich sage, dass er sich im Laufe der Jahre nicht gerade zu unserer Lieblingskatze entwickelt hat? Allerdings, mir läuft immer noch das Herz über, wenn er sich auf seinen Rücken kugelt und sich dabei voll Wollust seinen dicken Bauch kraulen lässt. Und, wer weiß schon, welches Päckchen unser Wurstel aus seiner Vorzeit mitgebracht hat?

Mit unserem 17 Jahre alten Schlomo verbindet mich eine innige Liebe. Schlomo hat seinen Namen aus dem Tierheim mitgebracht, in dem er zwei Jahre auf ein Zuhause warten musste weil er ein trübes Auge hatte und dazu noch äußerst scheu war. Er ist jedoch eine ausgesprochene Schönheit und hat uns unsere Geduld und Zuwendung mit unendlich viel Liebe vergolten. In seinem mittlerweile weit fortgeschrittenen Alter ist er wohl etwas dement geworden. Das heißt, er »spricht« den ganzen Tag und ist sehr vergesslich. Wenn er sich z. B. zwischen den Hinterläufen putzt und dabei ein Bein wie einen Masten nach oben streckt, hält er immer öfter inne und schaut mit heraushängender Zunge und »grenzdebilem« Ausdruck vor sich hin als schiene er sich zu fragen: »Was wollte ich eigentlich gerade machen?« Oder, er springt von jetzt auf nachher auf, läuft los und bleibt dann verdutzt stehen und scheint zu überlegen, weshalb er gerade aufgestanden ist und welches wohl sein ursprüngliches Ziel gewesen sei. Sein Gehör hat auch stark nachgelassen. Dies führt unter anderem dazu, dass er nicht mehr, wie früher täglich üblich, zu meinem Auto läuft und dort auf meinen Schoß springt, wenn ich von der Arbeit nach Hause komme. Er kann das Motorengeräusch nicht mehr hören.

Mein Mann hängt besonders an unserer Katze Mieze. Mieze hieß im Tierheim Isabelle, wurde von dort dreimal vermittelt und wieder abgegeben, weil sie als zu wild galt. So ein Blödsinn, und für uns natürlich erst recht ein Grund, sie mitzunehmen. Mieze ist einfach eine richtig tolle Katze – wie es sich gehört. Sie ist absolut unabhängig, beißt und kratzt auch mal wenn ihr etwas nicht passt. Dabei ist sie absolut unkompliziert, begrüßt Jedermann oder -frau neugierig und liebt es, mir laut schnurrend im Bett Gesellschaft zu leisten. Mein Mann und Mieze sind sich im Temperament übrigens ziemlich ähnlich. So herzhaft wie sie kratzt und beißt, so herzhaft schmeißt er sie aus dem Bett. Daher also ihre vernünftige Vorliebe für meine Bettseite. Lebensgefährlicherweise legt sie sich dabei am liebsten quer über meinen Hals oder über mein Gesicht. Dabei verhakt sich auch mal gerne eine Kralle im Augenlid oder in der oberen oder unteren Lippenhälfte. Oder sie trampelt quer über die Kehle und trifft dabei mit ihren ca. 5 Kilogramm Gewicht mit einer unglaublichen Sicherheit und unter Punktbelastung meinen Kehlkopf bzw. meine Gurgel, was regelmäßig zu Erstickungs- oder Hustanfällen führt. Mieze war in ihren 15 Jahren nicht ein einziges Mal krank und ist zu unserem Leidwesen nach wie vor die beste Jägerin aller Zeiten.

Und da gibt es noch Paulchen, unseren – wie ganz zu Beginn bemerkt – zugezogenen und umgezogenen Kater.
Paulchen stand eines Sommertages im zarten Alter von geschätzten ca. vier Monaten einfach so in unserer Küche und bediente sich am Futterplatz. Er war durch die zum Garten hin offene Türe herein marschiert und beschloss: »Hier bin ich und hier bleibe ich«. Das mit dem »hier bleibe ich« hat sich der kleine Perser- oder Angoramix dann doch noch mal überlegt. Mein Mann und ich waren über Weihnachten/Neujahr für drei Wochen verreist. Paulchen war mit unseren an-

deren drei Katzen zwar nicht einsam, jedoch fehlte ihm wohl die menschliche Ansprache. Also zog er kurzentschlossen zu unseren Nachbarn gegenüber, die den niedlichen Knopf mit offenen Armen aufnahmen. Natürlich hatten wir anfangs versucht, ihn zu überzeugen, dass doch eigentlich wir seine Familie sind – leider ohne Erfolg. Dafür besucht uns Paulchen seit dieser Zeit regelmäßig und holt sich jeweils einen Leckerbissen ab. Wenn unsere Nachbarn im Urlaub sind, übernachtet er auch ab und zu bei uns oder beobachtet in unserem Wohnzimmer von einem Fenstersims aus, ob denn nicht bald jemand nach Hause käme. Wir freuen uns immer sehr, wenn er bei uns vorbeischaut. Und, wir haben auf diese Weise unsere netten Nachbarn etwas näher kennen gelernt, wenn wir auch -ehrlicherweise – kurze Zeit etwas eifersüchtig waren. Aber, wer mag uns das verdenken? Seit dieser Zeit »behüten und befüttern« wir gegenseitig im Urlaubsfall unsere Katzenlieblinge.

Sie sehen also, dass wir mit unseren »alten« Katzen durchaus glücklich waren und sind. Von sieben weiteren liebenswerten Tieren mussten wir im Laufe der Jahre Abschied nehmen. Nach diesen bisherigen Katzen-Todesfällen sollte bald wieder »Ersatz« her. Das war vor allem meine Art, besser mit der Trauer umgehen zu können, indem ich meine Liebe auf ein neues Familien-Katzenmitglied projizierte. Für Trulli jedoch gibt es keinen Ersatz. Dies ist das erste Mal, dass es sowohl meinen Mann als auch mich gleichermaßen total erwischt hatte und wir beide gleichermaßen so sehr traurig sind. Wir werden wohl keine neue Katze mehr aufnehmen. Es sei natürlich, irgend eine Samtpfote sucht sich uns aus. Sie wird wohl keine verschlossene Türe vorfinden.

Nachwort

Mein Mann und ich bleiben zurück mit unseren Erinnerungen an ein unglaublich bezauberndes Katzenmädchen. Neben den vielen aufregenden und schönen Erlebnissen werde ich ganz besonders nie diese eine Nacht vergessen, als sie ihre Jungen bekam und mich auf der Treppe zurück holte, damit ich ihr während der Geburt beistünde. Was für ein Liebes- und Vertrauensbeweis! Ich danke dir, kleine Italienerin.

Trulli hat einen ganz besonderen nachdrücklichen Eindruck und eine große Lücke – sowohl bei mir als auch bei meinem Mann – zurückgelassen. Michi möchte und kann heute noch nach langer Zeit nicht über sie sprechen.

Ob Katzenliebhaber oder geläuterter Katzenignorant. Ich freue mich, wenn meine kleine Geschichte mit den damit verbundenen Erlebnissen auch bei Ihnen Spuren hinterlassen hat. Sie müssen ja nicht unbedingt Katzen aus dem Urlaub importieren. Aber denken Sie daran, dass viele dieser bezaubernden Wesen in den Tierheimen sitzen und nur darauf warten, Ihr Leben zu bereichern.

Rainer Maria Rilke hat es in einem einzigen Satz zusammen gefasst:

»Das Leben und dazu eine Katze, das ergibt eine unglaubliche Summe«

Bilderklärung

Bild 1   Alberobello, Trulli-Häuser

Bild 2   Trulli nach dem ersten Tag im Hotel in
                Alberobello

Bild 3 und 4   Die Babys sind mit Mutter in den
                Kleiderschrank umgezogen

Bild 5 und 6   Die Katzenfamilie wohnt im Badezimmer

Bild 7 bis 10   Die Kinder erobern ihr Zuhause

Bild 11   Trulli's Abschied

Bild 12   Foto des »untreuen Paulchen«, stellvertretend
                für all unsere bisherigen und noch bei uns
                lebenden Katzen